To _____

From _____

KB133774

당신이 있어
다행이에요

당신이 있어 다행이에요

indigo
Story and mate

나는 당신을 만나고
정말 많은 걸 알게 되었어요.
평소에는 쑥스러워 말하지 못했지만
당신을 만나지 못했다면
삶이 내게 주는 선물들을 몰랐을 거예요.

당신이 아니었다면 몰랐을 선물
그것은……

**두근두근 콩닥콩닥
설레는 마음.**

당신과 함께 있으면 세상이 새로워져요.
아직 내가 해보지 못한 멋진 일이
반짝반짝 빛나고 있다는 것을 알게 되죠.
새로운 일을 하는 것이 즐거워져요.

무엇이든 즐기자는
긍정적인 마음.

당신은 정말이지
무엇이든 즐거운 일로 바꿔 버리는
마법의 지팡이를 가지고 있는 것 같아요.

당신이 있어 다행이에요.

멀리서도 당신을 한눈에 알아볼 수 있어요.
당신 주변까지 눈부시게 빛나 보이니까요.

당신과 함께 있으면
나도 반짝반짝 빛나는 것 같아요.

상쾌한 기분.

나와 다른 당신의 모습도 좋아요.
나도 모르게 폴짝폴짝 뛰고 있네요.
아무래도 나 당신을 닮아가나 봐요.

신기해요. 당신과 함께 있으면
내일은 분명 오늘보다 좋은 날이 될 거라고
믿게 돼요.

오예! . . . 오예!

당신은 샘날 정도로 자유롭죠.

아, 행복한 사람은
이렇게 걷는구나,
이렇게 웃는구나,
그래서 행복하구나 하는 깨달음.

달라 붙어요

바짝

당신 곁에 있어도 될까요?
당신의 행복이 내게도 전해질 수 있도록.

바짝

찰싹

바짝

찰싹

껍질……
잘 벗길 수 있을까?

나는 아무것도 해주지 못했는데
아무런 말을 하지 않아도
당신은 내 옆을 지켜 주는군요.

당신이 있어 다행이에요.

말로 표현하지 못하는 내 마음을 알아주네요.
말과 다른 내 속마음을 깨닫게 해 주네요.

당신이 내 마음을 알아준 덕분에
나는 처음으로 내 진심을 깨달았어요.

당신을 만나고 비로소 알게 됐어요.

머리로 생각하기 전에
가슴으로 느껴야 하는 것들이 있다는 것.

당신의 느낌을 믿어요.
당신의 느낌을 믿으면
그것을 느끼는 나 자신도 믿게 돼요.

내가 소중한 사람이란 걸 깨닫게 하는 당신.

꽤 어울리는데!

당신이 있어 다행이에요.

오오,
완전 예뻐!

before

머리 모양에 - - -
무관심

- - - 배낭을 메고

- - - 청바지만 고수

당신과 함께 있으면

after

밝은 색으로
염색

가끔은
스커트를 입고,

예쁜 가방을 들고
외출!

나 자신도 좋아질 것 같아요.

당신이 있어 다행이에요.

당신을 좋아해도 될까요?

CHU!

또 당신이 내게 알려준 삶의 선물은…….

애타는
마음.

또
싸우고 말았네……

당신을 생각하면 마음이 아파요.

잘못한 건
사실 나였는데……

먼저 내게 다가와 주는 당신.

당신 덕분에 나는 이렇게 살아야겠다고 마음먹어요.

변명하지 않기.
다른 사람에게도 자신에게도.

스스로에게 변명하지 않는 당신이 누구보다 눈부셔요.

자신에게
솔직해지기.

멍-하니

당신이 좋아요.
괜찮은 척하고 있는 당신도 좋지만
괜찮지 않은 당신도 좋아요.

그러지 말아요. 괜히 나쁜 사람인 척하지 말아요.
당신의 상냥함은 이미 내게 들켰다고요.

보잘것없는 사람처럼 보이려 하는 건 쓸데없는 일이니까.
당신은 당신이 생각하는 것보다 훨씬 대단한 걸요.

스스로를 믿기.

괜찮아.

괜찮아.

분명 괜찮을 거야.

당신도 이미 알고 있을 거예요.

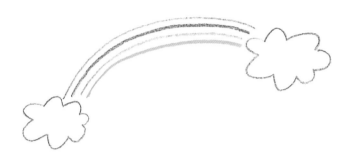

그 자리에 없는 사람을
험담하지 않기.

미안해요.

나는 당신 험담을

하고 말았어요.

나를 지키려는 마음에 바보같이.

당신은 절대 말하지 않는데 말이죠.

진심으로 미안하다고 말하기.

내 사과를 받아 주고
나를 이해해 주는 당신이 고마워요.

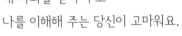

팬찮아, 팬찮아!

안심 베개

인생에게
무엇을 기대할지가 아니라
인생이 나에게
무엇을 기대하고 있는지를
생각하기.

인생은 언제나 당신 앞에서 시작되는 것처럼 보여요.

내가 지금까지 해온 모든 것과
온전히 마주하기.

언젠가 나도 당신처럼 용감해지겠죠.

조심해~

감사하기.

다른 건 바라지 않아요.
그저 당신이 이 세상에 있다는 것만으로도
감사해요.

자신의 두 발로
내딛기.

그저 기다리고 있지만은 않을 거예요.

해볼게요, 내 힘으로.

당신처럼 말이죠.

무엇보다 내게 주어진 가장 큰 선물은

지금, 당신 곁에
있을 수 있다는 것.

당신을 만나 다행이에요!
당신이 태어나 줘서 정말 다행이에요!

사랑하는 마음.

사랑해요. 사랑해요. 사랑해요.
사랑해요. 사랑해요. 사랑해요.
사랑해요. 사랑해요. 사랑해요.

당신이 있어 비로소 알게 된 선물,

그것은 바로 사랑이랍니다.

소중한 사람이 주는 선물

우리는 인생에서 수많은 삶의 선물들을 주변 사람들로부터 받고 있어요. 인사말에 담긴 '감사하는 마음', 화내는 말 속의 '안타까운 마음' 등등……. 가령 상대가 가깝지 않은 사람이라 할지라도 진지하게 살아가는 모습 그 자체에서 우리는 '용기'와 '정직함'을 배웁니다.

이 책을 쓰면서 제가 지금껏 만나온 사람들의 얼굴을 떠올려 보았어요. 그리고 그들에게서 제가 받은 것은 무엇인지를 생각해 보았지요. 좋아하는 친구나 지인은 물론이고 얼굴만 마주치는 정도의 사람들 속에서도 발견되는 멋진 보물이 있어요. 바로 그 보물들이 제가 그들을 만나며 알게 된 삶의 선물이라는 것을 느꼈습니다.

이 사람이 준 선물은 무엇일까. 나는 이 사람에게 무엇을 선물할 수 있을까. 그런 생각으로 지금 눈앞에 있는 사람을 대하면 무언가 반드시 바뀔 거라고 생각해요.

보통 상대방과 가까워질수록, 그 사람이 해주는 것보다도 해주지 않는 것을 생각하고 서운해 하지요. 그 사람과 함께 있는 것을 기뻐하기보다도 '조금 더 조금 더' 하면서 더 많은 것들을 요구하게 됩니다. 저도 제 소중한 사람을 생각하니 가슴 한 쪽이 뜨끔했어요.

여러분은 사랑하는 사람에게서 무엇을 받고 있나요?

호시바 유미코

당신이 있어
다행이에요 마음을 전하는 작은 책 ⑦

지은이 호시바 유미코　**그린이** 후쿠이 유키　**옮긴이** 최윤영　**펴낸이** 김종길　**펴낸 곳** 글담인디고

책임편집 윤선주　**편집** 박성연, 이은지, 이경숙, 김진희, 김보라, 안아람
디자인 정현주, 박경은, 이고은　**마케팅** 박용철, 임우열　**홍보** 윤수연　**관리** 김유리

출판등록 1998년 12월 30일 제2013-000314호
주소 (121-840) 서울시 마포구 양화로 12길 8-6(서교동) 대륭빌딩 4층
전화 (02)998-7030　**팩스** (02)998-7924　**이메일** bookmaster@geuldam.com
페이스북 www.facebook.com/geuldam4u　**블로그** http://blog.naver.com/geuldam4u

초판 인쇄 2015년 5월 15일　**초판 1쇄 발행** 2017년 3월 25일

ISBN 978-89-92632-93-5 03830
책값은 뒤표지에 있습니다. 잘못된 책은 바꾸어 드립니다.

이 도서의 국립중앙도서관 출판예정도서목록(CIP)은 서지정보유통지원시스템 홈페이지(http://seoji.nl.go.kr)와 국가자료
공동목록시스템(http://www.nl.go.kr/kolisnet)에서 이용하실 수 있습니다. (CIP제어번호 : CIP 2015012919)

★★ **글담출판** 에서는 참신한 발상, 따뜻한 시선을 가진 기획 아이디어와 원고를 기다리고 있습니다. 작품 혹은 기획안을 이 메일로 보내주시면 출간 가능성이 있는 작품은 개별 연락을 드립니다.